EL DUENDE VERDE

ANAYA

Juan Ignacio Luca de Tena, 15. 28027 Madrid
www.anayainfantilyjuvenil.com
e-mail: anayainfantilyjuvenil@anaya.es

1.ª ed., octubre 1995; 2.ª impr., septiembre 1997
3.ª impr., 1998; 4.ª impr., septiembre 1999
5.ª impr., febrero 2000; 6.ª impr., julio 2000
7.ª impr., octubre 2000; 8.ª impr., febrero 2002
9.ª impr., junio 2003; 10.ª impr., junio 2004
11.ª impr., enero 2005; 12.ª impr., enero 2006
13.ª impr., julio 2007; 14.ª impr., julio 2008
15.ª impr., enero 2009; 16.ª impr., diciembre 2009

Diseño: Taller Universo

ISBN: 978-84-207-6722-2
Depósito legal: M. 52522/2009

Impreso en ORYMU, S.A.
Ruiz de Alda, 1
Polígono de la Estación
Pinto (Madrid)
Impreso en España - Printed in Spain

Andrés Guerrero

UNA JIRAFA DE OTOÑO

Ilustraciones del autor

QUERIDO LECTOR

Ya sé que tienes pocos años, por eso quizás este sea uno de tus primeros libros.

Yo soy algo mayor que tú (lo reconozco, bastante más), pero una parte muy importante de mis mejores recuerdos pertenece a aquellos primeros libros que leí y que me leían cuando era niño.

Sería muy pretencioso por mi parte pensar que cuando hayan pasado muchos años recuerdes este libro y más aún que siguiera formando parte de tu biblioteca. Me conformaría con que recordases que en el mundo existen muchas JIRAFAS DE OTOÑO, muchas personas con problemas, que necesitarán tu ayuda para ser felices.

Andrés

«Una sola gaviota ha madrugado,
y nadie sino yo contempla el vuelo...»
J. G.

A simple vista todas las jirafas parecen iguales; todas son altas, esbeltas y elegantes.

Aparentemente aquellas jirafas eran todas iguales:
el mismo color, la misma forma,
las mismas manchas,
pero sólo aparentemente.

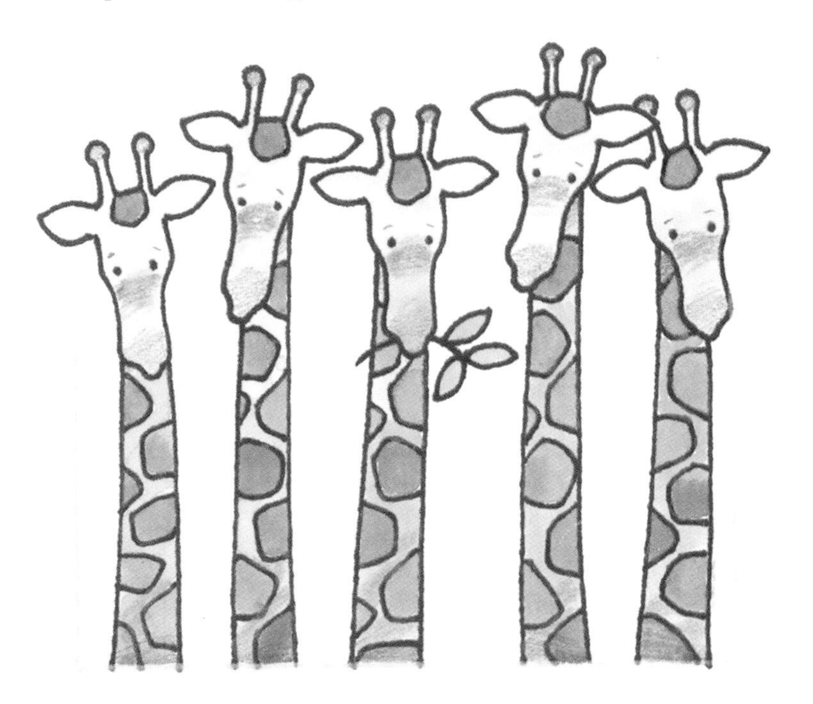

Entre todas, una de ellas vivía especialmente preocupada por ser igual. No sólo por ser igual que la mayoría; sino por ser tan alta como las más altas, tan bonita

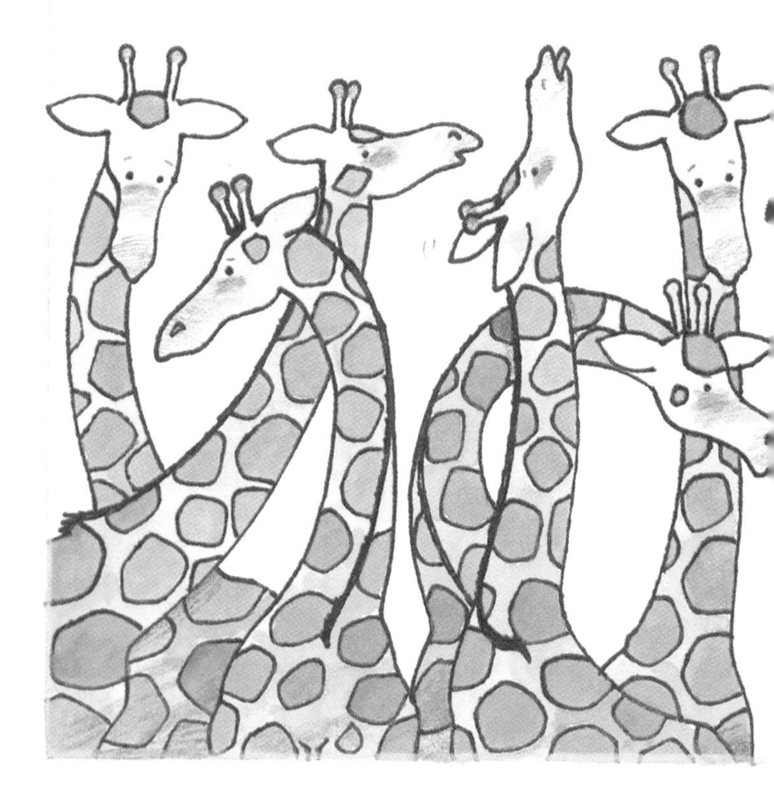

como las más bonitas
y tan esbelta como las más esbeltas.
Y así, sintiéndose igual, vivía
tan feliz entre las más felices y
tan contenta entre las más contentas.

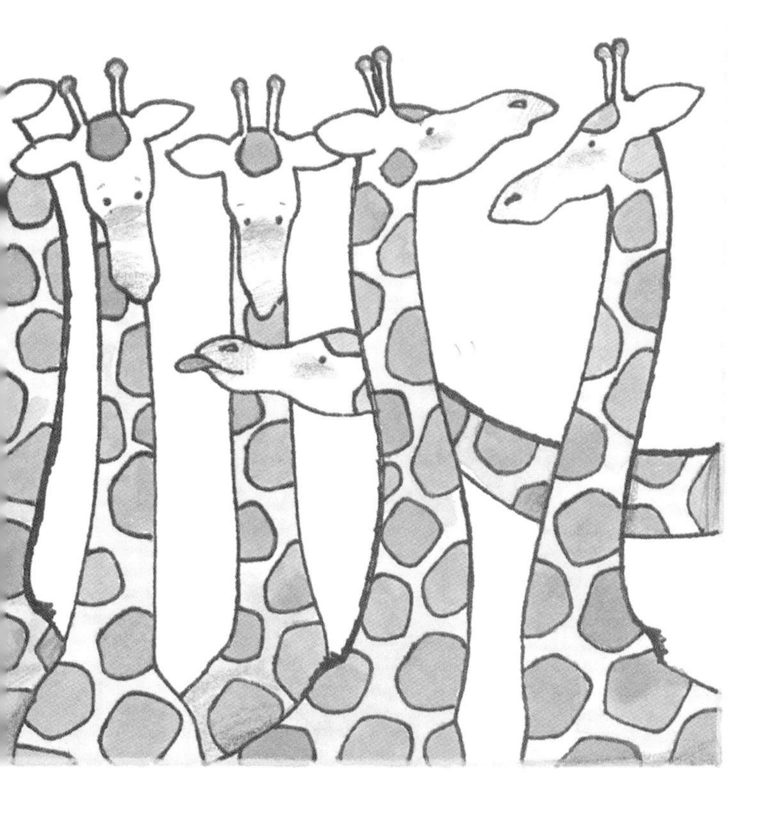

Por eso el día que una jirafa cotilla le dijo: «Tienes una mancha muy extraña», estuvo a punto de sufrir un ataque. Sin saber qué hacer y llena de vergüenza, se separó del grupo.

Sola y oculta bajo la sombra de una acacia, trató de comprender lo que estaba pasando. Aquello no tenía ninguna explicación. ¿Qué explicación podía tener el hecho de que sus manchas estuvieran cambiando?

Ella no había hecho nada distinto de las demás... Había comido las mismas hojas, andado por los mismos caminos y dormido en la misma hierba. No se había separado de la manada, no había estado con jirafas extrañas y, por supuesto, no había hablado con otros animales de la sabana.

A partir de aquel día vivió apartada de la manada, camuflada en zonas boscosas, tratando de pasar inadvertida; en poco tiempo su aspecto cambió visiblemente.

Se había convertido en algo parecido a una jirafa de otoño, y para colmo de vez en cuando perdía alguna mancha.

Le parecía que ya no podía sentirse más triste, pero la fatalidad le iba a demostrar que estaba equivocada; el día que fue atacada por el león… ocurrió lo peor.

En su desesperada huida
perdió todas sus manchas...,
como hojas de otoño.

Al llegar la noche,
se sintió aún más triste
y, por primera vez en su vida,
totalmente diferente y lloró.

Vivía escondida de los demás,
pensando que de ese modo
evitaba sus burlas.
Alejándose cada vez más
de sus compañeras llegó
a terrenos desconocidos.
Una mañana tuvo mucha sed
y se acercó a una charca;
al contrario de lo que había

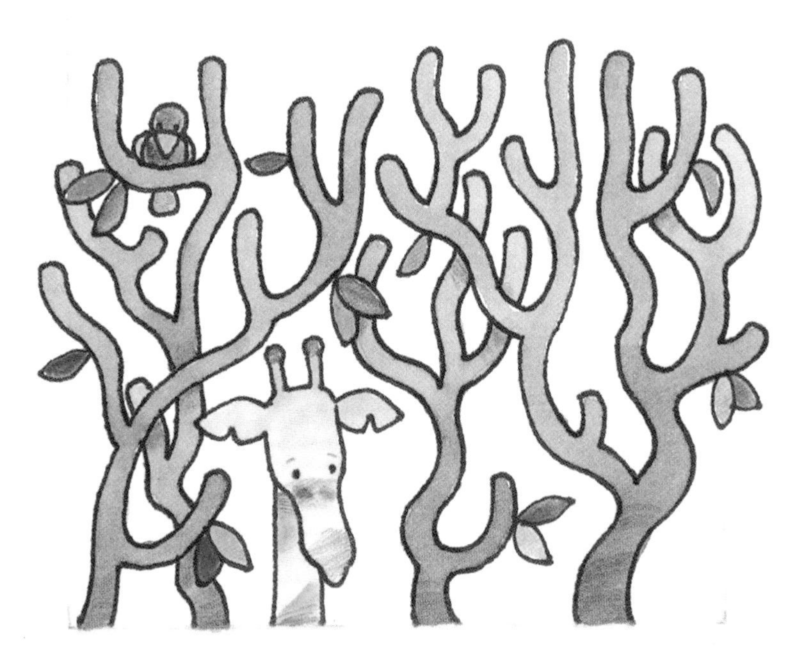

supuesto, allí, entre tantos animales nadie le prestó demasiada atención; bueno, casi nadie...

—¿Eres una jirafa?

Al volver la cabeza para ver quién le preguntaba, no pudo creer lo que tenía ante sus ojos, un hipopótamo..., un pequeño hipopótamo..., ¡rosa!

—¿Eres una jirafa? —repitió—.
Nunca había visto una jirafa
sin manchas. Estás muy bonita así.
—Gracias, pero echo de menos
mis hojas.
—¿Hojas?
—Quise decir mis manchas
—y sonrió levemente.
—¿Por qué estás triste?
—Porque soy distinta,
he perdido mis manchas,
me siento sola y tengo vergüenza
de que me vean así.
—Perdona pero no lo entiendo,
¿para qué te sirven las manchas?
—No lo sé, para ser igual que
las demás..., supongo.
—Y eso... ¿qué tiene de gracioso?
—preguntó el hipopótamo sonriente—.
Ven conmigo, te presentaré
a mi familia.

La jirafa le siguió apesadumbrada,
no sabía exactamente
lo que trataba de explicarle
su joven amigo.

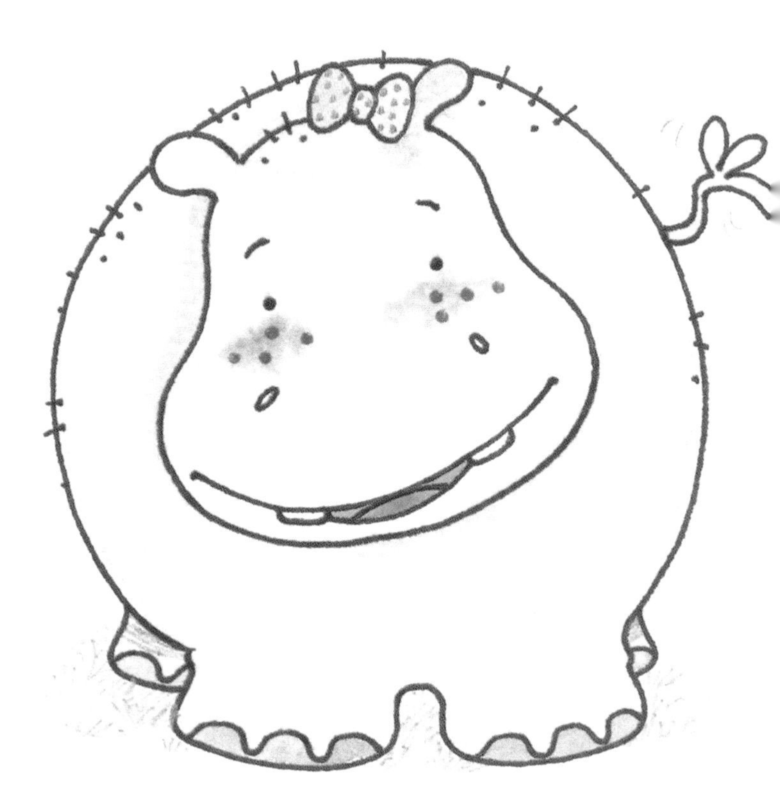

—Ésta es mi familia... Éstos son mis padres... —dos enormes hipopótamos de colores achucharon con ternura al pequeño.

»Y éstos mis hermanos...

El resto de los hipopótamos que había en la charca eran grises y estaban cubiertos de barro y, aunque parecían felices, sin duda eran algo aburridos.

Pasó el resto del día
en compañía del hipopótamo rosa.
Comprobó que era feliz.
Sus amigos le querían,
era amable y cariñoso con todos
y todos lo eran con él.

Por la noche la jirafa se despidió
y continuó su camino
hacia ninguna parte.

A la mañana siguiente
tenía los ojos enrojecidos
de haber llorado.
Aún resbalaba por su rostro
alguna que otra lágrima.
—¿Por qué lloras, pequeña?
Oyó una voz serena y profunda,
un poco ronca.
No veía a nadie.
No había nadie a su alrededor,
se frotó los ojos, que le escocían.
¿Quién había hablado?
—Aquí, pequeña, ¡arriba!

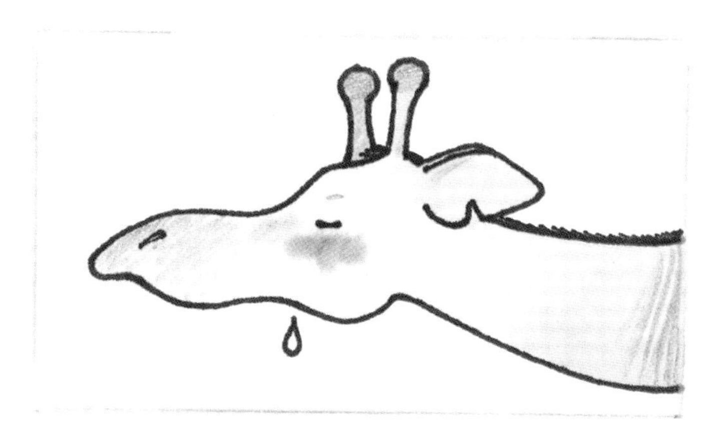

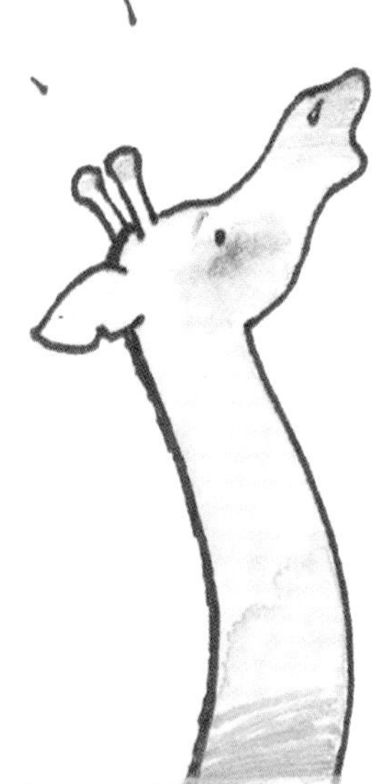

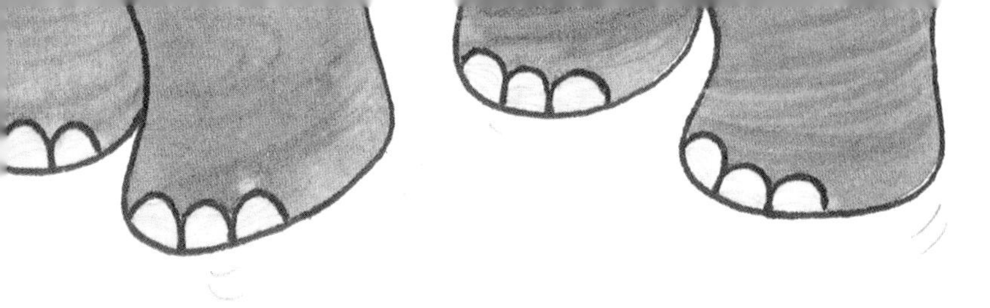

Al principio pensó que seguía dormida y que estaba soñando. Pero cuando el elefante la acarició suavemente con su rugosa trompa, supo que estaba despierta.

El elefante flotaba a su lado; subía y bajaba levemente, con sólo un ligero movimiento de sus dos pequeñas alas.

No había duda, se estaba volviendo loca.

—Una jirafa tan bonita como tú no debería llorar de esa manera —dijo el elefante.

—Soy muy desgraciada porque no tengo manchas.

—¿Por qué? ¿Porque no tienes manchas...? ¡Fíjate en mí!

La jirafa levantó sus ojos y observó detenidamente al viejo elefante.

—Hace mucho tiempo también yo me sentía diferente... Bueno, soy diferente. Pero aprendí que eso no es malo, a veces incluso es divertido; en ocasiones tiene sus ventajas. ¿Has desayunado? —le preguntó.

Y con un pequeño vuelo alcanzó un puñado de las hojas más altas y tiernas de la acacia.

La jirafa comió con gusto las hojas frescas. Después el elefante se fue volando sin hacer ruido, sólo se oyó un leve susurro al rozar con su trompa las copas de los árboles.

De nuevo se encontraba sola.

Pasó todo el día andando de acá para allá: iba, volvía, daba vueltas, se alejaba, volvía sobre sus pasos. Totalmente confusa, no se dio cuenta de que la estaban observando.

—¡Ejem!... Esto... Perdona un momento, ¿tienes algún problema?

—Sí, dinos, ¿tienes algún problema?

Quien le preguntaba era una pareja de cebras.

—¿Sois cebras? —exclamó extrañada.

—¡Sí, claro! —contestó la blanca.

—¡Por supuesto! —añadió la negra.

—Y tú... ¿eres una jirafa? —preguntó la blanca.

—¿Por qué no tienes manchas? —añadió la negra.

—Veréis... La historia es muy complicada; digamos que las he perdido. Pero, y vosotras, ¿por qué no tenéis rayas?

—¿Nosotras? —se miraron la una a la otra sonrientes.

—¡Digamos que las hemos perdido! —contestó la blanca.

—Eso es, las hemos perdido —añadió la negra.

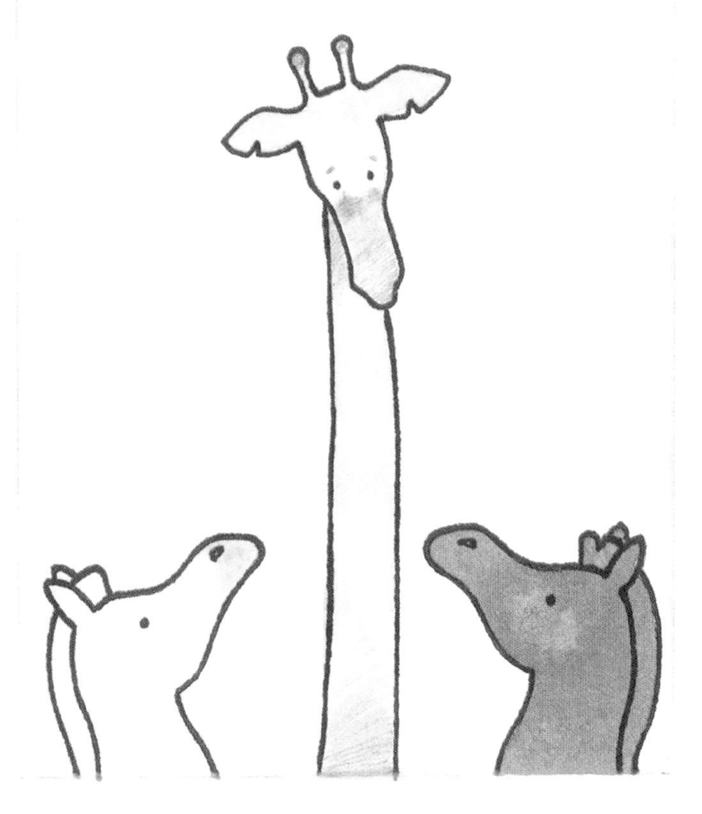

Se quedó perpleja,
nunca había visto animales
tan extraños como en
los últimos días. Y ella que
estaba preocupada porque
se sentía distinta...

—Bueno, querida, tenemos
que irnos —dijo la blanca.

—Sí, tenemos que recoger a nuestros pequeños —explicó la negra.

Y ambas cebras galoparon hasta donde estaban dos crías preciosas, con sus rayas blancas y negras; igual que otras muchas que trotaban por la pradera.

Se hizo de noche. El silencio
sólo era roto de vez en cuando
por el aullido de las hienas
y el rugido de algún león solitario.
La luna iluminaba la sabana
con su luz blanca. Cuando se durmió
era ya muy tarde.

Al despertar se encontró
nuevamente sola y confusa.
Ante ella se extendían las extensas
praderas pobladas de acacias
y espinosos arbustos.
Vagó por aquel mar de hierba
durante varios días. Deseaba caminar
días enteros y alejarse cada vez más
de su manada. Podría no volver
nunca más y así, pasado el tiempo,
nadie se acordaría de ella.

Pensar en esto no la hacía muy feliz,
algo en su interior la hizo mirar atrás.

Recordaba a sus compañeras
de la manada, las carreras
por la pradera, el agua fresca
de la charca. Echaba de menos
su compañía.

Ya no parecía tan importante
ser tan alta como la más alta,
ni tan bonita como la más bonita.
Abrumada por la nostalgia,
nació en ella el deseo
de volver.
Así lo hizo.

Se sintió bien cuando reconoció
la acacia donde había conocido
al viejo elefante. Bajo sus ramas,
cobijada y protegida del calor
del mediodía, se quedó adormecida.

Entre sueños notó que
una sombra más intensa la envolvía,
no sintió miedo.

Pudo imaginar de quién era aquella sombra antes de abrir los ojos.

El viejo elefante la miraba tiernamente, ahora estaba en el suelo, sobre sus patas, sus pequeñas alas apenas se veían.

—¿Otra vez aquí, pequeña?

—Sí, tengo que volver; vuelvo con mi manada.

—Eso está bien.

Ambos caminaron juntos en busca
de las jirafas.
El elefante andaba despacio
y hablaba pausadamente,
con su voz ronca.
—No te dé miedo. Las diferencias
no están en el color ni en la forma;
podemos ser más altos,
más grandes o más fuertes.

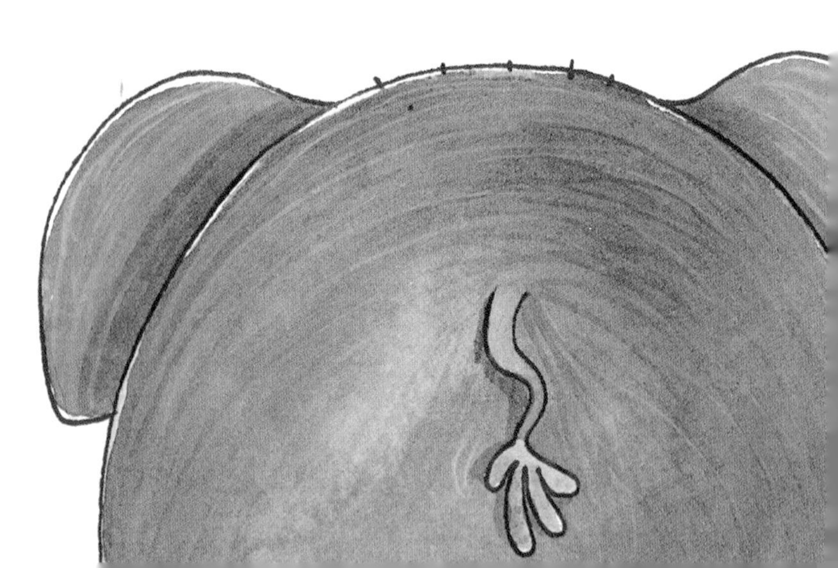

Podemos ser más bajos,
más pequeños o más débiles,
pero nadie es mejor ni peor
por eso. Eso no nos hace mejores
ni peores.

El elefante acompañó a la jirafa durante varios días. Era un placer saborear las hojas más altas
que él cogía para ella,
caminar a su lado,
escuchar sus historias
y descansar a su sombra.

Ella le habló de las cebras,
de la blanca y la negra,
del hipopótamo rosa;
y él, de un ave sin plumas,
de un camello sin jorobas,
de un erizo sin púas,
con la piel suave como la hierba
y mil cosas más...

—Pues sí que hay seres extraños en la selva —sonrió divertida.

—¿En la selva?... ¡En el mundo! —afirmó el elefante—. En las montañas, en los mares, en todas partes..., pero todos son iguales. Todos ríen y lloran, sufren o se alegran, aman y...

—¿Tú te has enamorado? —le interrumpió.

—¿Yo?

—Sí, tú. ¿Quién si no?

—Bueno..., claro.

—¿Y...?

El viejo elefante hizo una larga pausa, arrugó un poco más la frente, carraspeó y añadió:

—¿Tú sabes que hay elefantes blancos?

—No.

—Existe un país en aquella dirección —señalaba con la trompa— donde hay elefantes blancos, ¡muchos! ¡manadas enteras!

»En él vive una elefanta preciosa, gordita, de blancos colmillos y con una rugosa trompa.

—¿Y está muy lejos?

—Sí, muy lejos. Tan lejos que para llegar allí hay que cruzar un sinfín de mares y océanos.

—¿Cómo la conociste?

—No la conozco.

—¿Qué?

—En realidad no la conozco, pero sueño con ella cada noche. Sueño que estoy en la orilla del mar, muevo mis alas y vuelo; vuelo durante días y días. Cuando ya no me quedan fuerzas y creo que voy a caer al mar y morir ahogado, veo allá abajo una playa de arenas rubias y espumas blancas, y en ella una preciosa elefanta blanca, que me espera barritando y sonriendo.

Un sentimiento de cariño
hacia el viejo elefante nació
en la jirafa.

Suavemente les envolvió el silencio.

Un atardecer se despidieron.
Él dijo:

—Bueno..., yo también tengo
que volver, tengo que encontrar
una playa, ya sabes...

Después de un abrazo se separaron
y, con la misma delicadeza
que la primera vez, el elefante se fue
volando, sólo se oyó un leve susurro
al rozar con su trompa las copas
de los árboles.

Anduvo toda la noche. Pasó sin hacer ruido cerca de la charca donde el hipopótamo rosa dormía junto a su familia.

Después corrió sin detenerse.

Al amanecer y desde una loma pudo contemplar a las demás jirafas. Había llegado. Le bastaba recorrer unos metros para volver a estar con ellas.

Había pensado mucho en todo lo sucedido, ya no tenía miedo a ser diferente.

Pero al acercarse a ellas le temblaron las patas, creyó que se caía; al mirar sus propias patas quedó sorprendida. ¡No podía ser! Rápidamente repasó con la vista todo su cuerpo, el lomo, el cuello... Estaba cubierta de nuevo por sus manchas. ¡Volvía a ser como antes!

Llena de alegría
y olvidando
el agotamiento
echó a correr
y a saltar
por la sabana.

Después, más tranquila,
intentó encontrar una explicación
a todo lo que había pasado.
No la había.

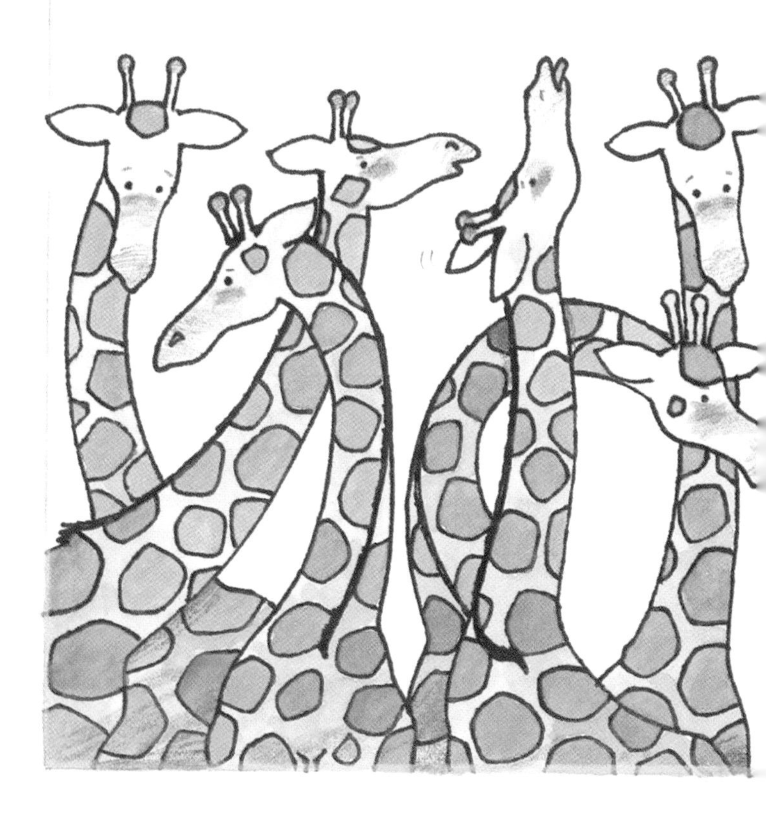

Se acordó del viejo elefante,
de todo lo que había aprendido,
del hipopótamo y las cebras.
No había sido un sueño.

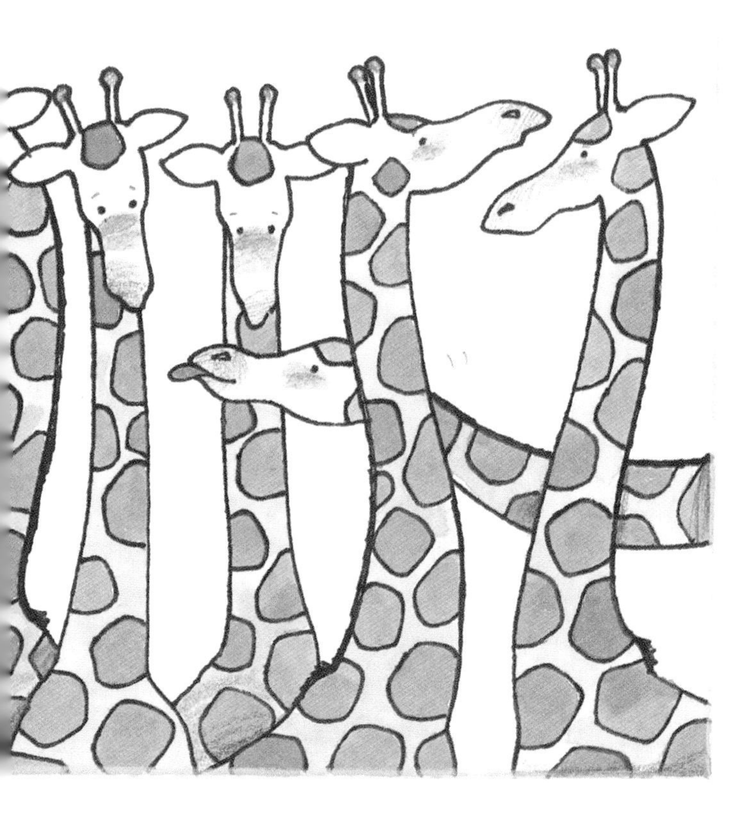

Era otra vez igual que las demás. Ya no le importaba ser distinta, incluso quién sabe..., quizá ahora echaría de menos sus manchas, como hojas de otoño.

Aparentemente aquellas jirafas eran todas iguales: el mismo color, la misma forma, las mismas manchas, pero sólo aparentemente...

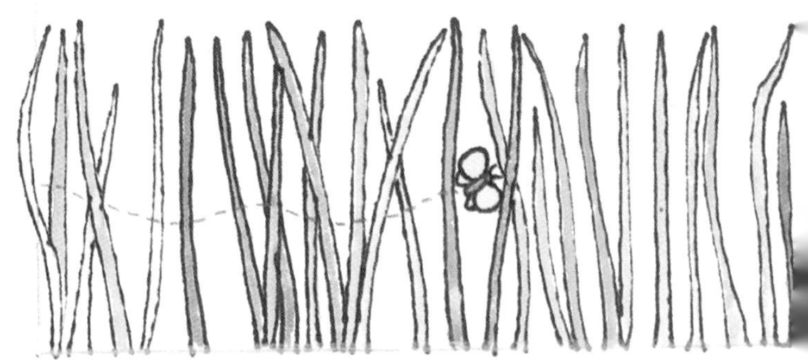

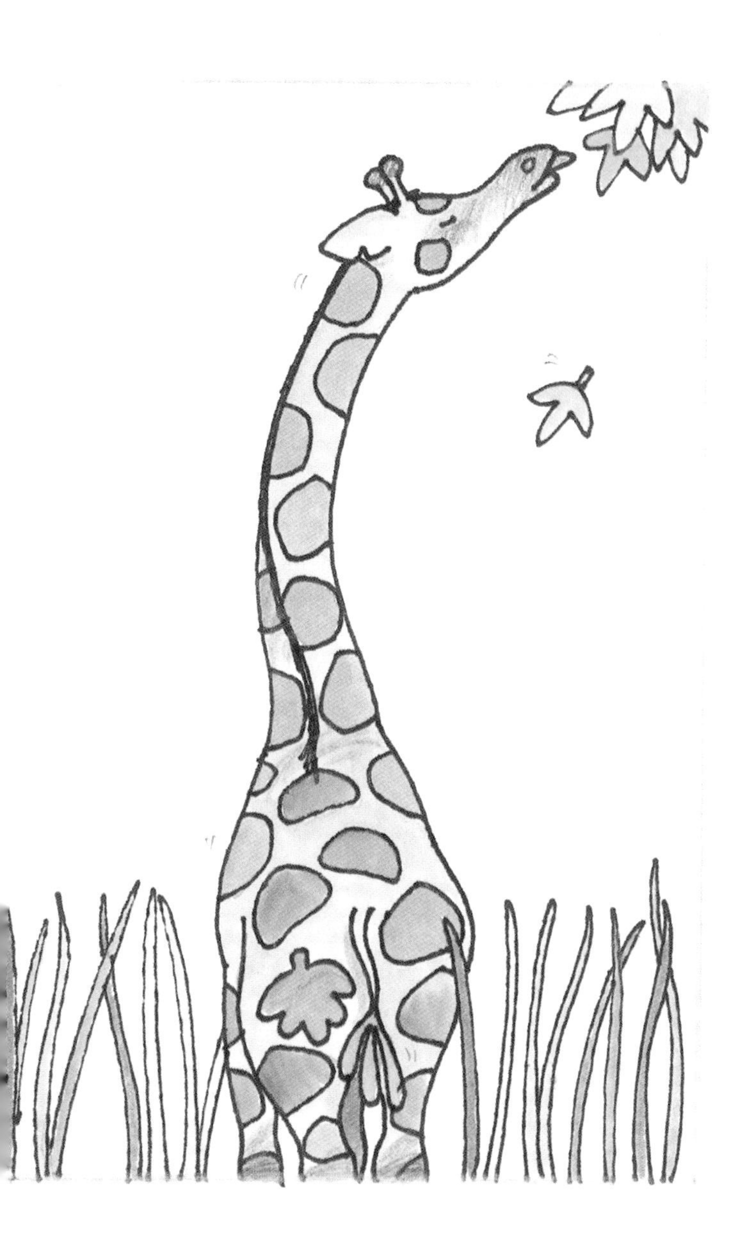